L'homme invisible

FichesdeLecture.com

L'homme invisible
(Fiche de lecture)

I. BIOGRAPHIE DE L'AUTEUR

Herbert George Wells est né le 21 septembre 1866, il est le cinquième enfant d'une famille peu aisée. Sa mère est une ancienne domestique et son père un joueur de cricket.

Alors qu'il n'avait que sept ans, Herbert eut un accident sur un terrain de sport qui l'obligea à rester alité un certain temps avec une jambe cassée. Il occupait son temps en lisant des romans et il se passionnait pour les autres mondes auxquels lui donnaient accès ses nouvelles lectures. Il entra dans une école privée fondée pour des hommes d'affaires et y poursuivit sa scolarité jusqu'en 1880. Mais en 1877, à la suite d'une chute, son père se fracture une jambe et doit abandonner sa carrière sportive qui représentait une part importante des revenus de la famille.

Ne sachant plus supporter financièrement la famille, les parents Wells eurent l'idée de placer leurs garçons comme apprentis dans distincts corps de métier. De 1881 à 1883, Herbert fit un apprentissage comme marchand de tissus. Cette expérience lui inspira quelques romans. Plus tard, il devint assistant d'enseignement, jusqu'à ce qu'il décroche une bourse d'études dans une école de sciences où il étudie la biologie avec Thomas Huxley. Huxley donnait des cours d'anatomie comparée dont il était un grand spécialiste. Ses cours marqueront l'écriture de Wells, puisqu'il puisera beaucoup dans la biologie, en particulier dans l'évolution et l'anatomie comparée.

Ces années inscrivent le début de son intérêt croissant pour une réforme possible de la société.

L'année scolaire 1886-1887 fut sa dernière année d'étude. Il réussit les examens de biologie et de physique, et ratât l'examen de géologie ce qui lui coûta sa bourse d'études.

Ses parents ne s'entendaient pas bien, elle était protestante et lui libre penseur, et sa mère alla travailler dans une maison de campagne ; un emploi qui n'admettait pas la famille.

Herbert ne tira profit ni de son apprentissage comme marchand de tissu, ni de son apprentissage comme assistant chimiste, ni de son expérience comme enseignant, ce qui le contraignit à partir régulièrement chez sa mère où il pouvait se baigner dans les livres de la superbe bibliothèque du lieu.

En 1891, Wells épousa sa cousine Isabel Mary Wells, mais la quitta en 1894 pour l'une de ses étudiantes, Amy Catherine Robbins, qu'il épousa en 1895. Sa seconde femme lui donna deux fils.

Il entretint des liaisons avec un grand nombre de femmes pendant ses années de mariage. Bien qu'Amy Catherine ait eu connaissance de certaines des liaisons extraconjugales de son mari, elle resta mariée jusqu'à sa mort en 1927.

Herbert s'exprimait aussi par le dessin. Ses croquis enrichissaient généralement les couvertures de ses propres livres.

En 1901 parut le premier best-seller de Wells ; Anticipations. Ses premiers romans, qu'on appelait à l'époque des « romances scientifiques », inaugurèrent un grand nombre de sujets devenus de grands classiques en science-fiction.

Il rédigea d'autres romans, non fantastiques, qui reçurent un bon accueil de la part des critiques.

Dés 1903, Wells se fit le propagateur d'un socialisme « occidental » bien distinct du communisme soviétique. Ses idées sur la science, la politique et l'histoire l'engagèrent dans des polémiques. En 1905, avec la parution du roman Kipps, il acquit le statut d'écrivain sérieux. Pourtant, le succès phénoménal de ses histoires de science-fiction obscurcit le rayonnement de ses autres écrits : Wells lui-même se plaignit du fait qu'on ne s'intéressait qu'à ses romans de science-fiction. En 1917, il devint membre du Comité de recherche de la Société des Nations et, après la Première Guerre mondiale, il publia une série d'essais dans laquelle il prenait position en faveur de l'instauration d'un État mondial. Sa rencontre avec Staline, en 1934, lui fit perdre toutes ses illusions quant à l'édification d'un monde socialiste. H. G. Wells s'éteignit le 13 août 1946 à Londres.

Renseignements trouvés sur http://empiresf.free.fr, http://www.evene. fr, http://fr.encarta.msn.com, http://fr.wikipedia.org et http://www. pochesf.com

II. RÉSUMÉ DE L'HOMME INVISIBLE

Iping, en plein mois de février, un étranger couvert de la tête aux pieds frappe à la porte de Mme Hall. Celui-ci désire prendre un repas et séjourner dans son auberge. Il s'installe et déjeune tranquillement hors des regards dans le salon. Après un bon repas, il fume une pipe et reste sur place jusqu'à 4 heures sans communiquer.

À quatre heures, Teddy Henfrey fait son apparition dans le bar. Mme Hall lui demande de réparer l'horloge du salon. En entrant dans la pièce, l'étranger explique à Mme Hall qu'il est scientifique, mais qu'il a eu un accident de travail et qu'il ne faut absolument pas le déranger. Teddy ayant assisté à la scène reste perplexe et veut lui parler, mais se fait remballer. Dans la rue, celui-ci rencontre M. Hall, il lui décrit l'inconnu et lui éveille des soupçons. Arrivé à l'auberge, il se fait questionner sur le temps qu'il a passé à Sidderbridge ; ce qui aboutit à une scène de ménage.

Le lendemain, Fearenside arrive avec son chien et les bagages de l'inconnu. Le chien va mordre la jambe de l'étranger et déchirer son pantalon. L'inconnu s'empresse d'aller dans sa chambre, suivi de loin par M. Hall qui l'observe derrière la porte quand soudain, une force le pousse hors de la chambre obscure et lui ferme la porte au nez.

Devant la maison, un groupe se forme et débat sur l'accident. L'affaire close, l'inconnu réapparaît, déballe un tas de bouteilles, puis commence son travail.

Cuss, empirique, entreprend d'aller lui parler, mais il aperçoit que la manche de celui-ci est vide et bien vivante. Il a peur et s'enfuit conter sa frayeur à M. Bunting, le pasteur.

Le lundi de Pentecôte, un individu s'introduit chez les Bunting. Le révérend est réveillé par sa femme qui entend du bruit. Celui-ci descend chasser le voleur avec une arme. Cependant, stupeur, en entrant dans la salle éclairée où des bruits s'échappent, il ne voit personne. L'homme n'est plus là et l'argent non plus.

Un peu plus tard dans la journée, les Hall font l'inventaire lorsque M. Hall aperçoit la porte de l'étranger ouverte et la pièce vide ; néanmoins les habits de celui-ci traînent... Il est donc sorti sans ses habits ! Mme. Hall vient à son tour, les draps du lit bougent tout seuls, puis une chaise la menace et la met dehors. Elle tombe dans les pommes et est persuadée que l'étranger fait de la sorcellerie.

M. Hall tente d'aller parler à l'inconnu qui est rentré, mais il se fait insulter sans pouvoir rentrer.

L'étranger devient l'homme invisible, le village est réuni devant l'auberge où une lutte éclate entre le commissaire de police, Jaffers, Hall et l'homme invisible.

Après de nombreux coups échangés, l'inconnu s'enfuit laissant un sentiment de crainte derrière lui.

Thomas Marvel, un vagabond, fait la rencontre de l'homme invisible, ce dernier lui demande de trouver des habits et un abri. Il accepte et se dirige vers l'auberge.

Il passe par la cour tremblant et fume une pipe. C'est alors qu'Huxter l'aperçoit, et lorsque Thomas range sa pipe, il intervient pour le courser. Cependant, il se retrouve soudainement ralenti puis arrêté par une force.

Marvel arrive à l'auberge et est suivi par l'homme invisible. Ce dernier voit Jaffers et Bunting en train de feuilleter ses manuscrits, il les saisit.

M. Hall et Henfrey sont dans le bar et discutent, lorsqu'ils entendent du bruit sortir du salon où se trouvent Jaffers et Bunting. L'homme invisible s'enfuit, lance les livres à Marvel et le couvre dans sa fuite. C'est alors que commence une véritable mêlée, l'inconnu frappe tout ce qui bouge à un tel point que le village tout entier a peur et se met à l'abri.

Plus loin, Marvel porte les trois volumes et un paquet, il marche à la tombée de la nuit en compagnie de l'homme invisible. Il souhaite arrêter son service, mais l'inconnu refuse.

À Port-Stowe, Marvel est accosté par un marin sorti d'un bar un journal à la main. Celui-ci lui parle d'un certain « homme invisible » qui aurait semé la pagaille à Iping. Marvel a le désir soudain de lui raconter ce qu'il sait, quand l'homme invisible apparaît pour le ressaisir, et ils repartent.

À Burdock, le docteur Kemp observe dehors depuis son bureau et voit un homme courir en direction de la ville, Marvel. Peu à peu, la panique augmente et l'on entend des gens crier le nom de « l'homme invisible ».

Marvel se précipite dans une auberge sur la route où il se cache de son agresseur ; il y a là un policier et un homme armé pour le protéger. Soudain, l'homme invisible rentre par l'arrière de l'établissement et se saisit de Marvel pour le tuer. Une lutte avec les clients du bar s'engage. Finalement, l'homme invisible est mis dehors et des gens tirent en tout sens pour l'abattre.

L'homme invisible est blessé, il se réfugie chez Kemp, connaissance d'époque lorsqu'il était encore étudiant. L'homme invisible devient ainsi Griffin. Un lien se crée entre les deux personnages et Kemp va s'associer à Griffin.

Durant le sommeil de l'homme invisible, le docteur Kemp réfléchit à la situation et lit les journaux pour en savoir plus. Il ne sait pas de quel côté il doit se ranger et après maintes réflexions, il décide d'envoyer une lettre au colonel Adye. Soudain, Griffin se réveille, Kemp est attentif à ses pas lorsqu'il entend le lavabo de la chambre se casser, il se précipite et toque à la porte.

Griffin décide de tout raconter à Kemp. Il lui narre ses premières expériences avec sa machine sur un mouchoir puis sur un chat. Ensuite vient son tour, lorsque son propriétaire, persuadé qu'il faisait de la vivisection, lui remet son avis d'expulsion. Griffin saccage alors sa chambre et la brûle.

Griffin explique son aventure en ville, les gens qu'il a percutés étant invisible, les traces de pieds qu'il laissait...

Il évoque aussi son périple dans un grand magasin de la ville où il y resta une nuit.

Autre lieu, la boutique de déguisement de Drury Lane ; l'homme invisible souhaitant avoir une apparence, il va voler un déguisement dans la boutique en assommant son patron. Puis, il part pour Iping dans le but de reprendre ses recherches.

Griffin demande l'assistance de Kemp pour prendre le contrôle de la ville.

Kemp tente de piéger Griffin avec le colonel Adye. Mais encore une fois, celui-ci s'échappe.

Le colonel Adye et Kemp mettent en place un plan pour déceler et arrêter l'homme invisible.

Kemp reçoit une lettre de vengeance de Griffin. Il se barricade à l'intérieur de sa maison et à la visite d'Adye. Soudain, une première vitre se brise à l'étage (qui ne dispose pas de volets) puis deux autres. L'homme invisible est là. C'est au tour des fenêtres du premier étage de voler en éclat, mais il reste les volets.

Adye décide de sortir armé pour rejoindre le poste de police, néanmoins l'homme invisible l'intercepte et le blesse.

Griffin, armé d'une hache maintenant, s'en prend aux volets de la cuisine et réussit à s'introduire. Au même moment, deux gendarmes venus voir Kemp arrivent pour l'aider à se défendre.

Une violente bataille s'entreprend à coup de bars de fer, de hache et de fusil. Finalement, un premier gendarme casse un des membres de Griffin. L'autre à une hache enfoncée dans le casque et Griffin blessé s'enfuit.

Une terrible course-poursuite s'engage entre Kemp et Griffin éclopé. Le docteur arrive en ville et tente de semer son poursuivant qui est juste derrière lui. Il passe près de nombreuses personnes qui vont voir la scène. Le chasseur va devenir le chassé ; plusieurs personnes sont sur lui et lui infligent une multitude de coups jusqu'à ce que Kemp ordonne d'arrêter le massacre. Il ne sent plus le pouls de Griffin, celui-ci est mort et son corps commence à se dévoiler.

C'est une révélation, on voit enfin le visage de l'homme invisible : il était albinos

Plus tard, on apprend que le patron possèderait les trois volumes de l'invisibilité et peut-être plus…

III. CRITIQUE PERSONNELLE

En général, j'aime beaucoup les livres de sciences-fiction et celui-ci m'a encore plus attirée. Durant la lecture du livre, j'ai trouvé l'histoire captivante et crédible ; l'explication de Griffin et sa théorie sur l'invisibilité sont très convaincantes.

De plus, l'action est toujours présente et donne envie de finir le livre très vite. Les multiples bagarres et les attitudes des personnes qui découvrent l'homme invisible atténuent le poids du sujet abordé, ce qui ne coupe pas l'histoire et la rend cohérente.

On ne se doute pas durant la lecture que l'histoire a été écrite fin 1800. Tout est tellement tangible que j'étais persuadée que peut-être, déjà, des scientifiques travailleraient sur cette théorie. Et pourquoi pas ?

Bref ! J'ai particulièrement aimé ce livre et je le recommande.

IV. ANALYSES

Analyse de Mr Thomas Marvel

Monsieur Marvel a une grosse figure avec un gros nez tout rond, comme un gros bouton. Il possède une barbe bizarre et ébouriffée. Il est assez enveloppé avec des petites jambes et des petits bras, ce qui lui donne une démarche assez grotesque. Ses vêtements sont très usés, on peut remarquer des bouts de ficelles remplaçant les boutons de son costume tout fripé. Son allure montre qu'il est un célibataire endurci.

Thomas est un vieux vagabond spontanément recruté par l'homme invisible pour l'aider dans ses méfaits. En premier lieu, il doit reprendre les cahiers scientifiques de Griffin et par la suite il va voler dans une banque une grosse somme d'argent avec son acolyte. Ces évènements montrent que Mr Marvel est une personne avec un faible caractère, il est facilement maniable et l'appât du gain le fait vite basculer du mauvais côté.

Plus tard, effrayé, Thomas va se sauver de l'emprise de l'homme invisible et va se cacher dans le Port Burdock pour demander de l'aide à la police, sans bien sûr faire allusion aux cahiers et à l'argent.

À la mort de Griffin, il ouvre sa propre auberge, qu'il appelle « L'homme Invisible ». Il devient très riche et étudie secrètement les notes sur l'invisibilité. Et je crois qu'un jour peut-être, il arrivera à décortiquer le secret de Griffin et qu'il fera l'erreur de la reproduire.

Analyse du Dr Kemp

Kemp est un jeune médecin vivant dans le Port Burdock. Il a fait ses études dans la même école que Griffin et c'est là qu'ils font connaissance.

Kemp doit avoir une allure élancée et svelte. Il a le même âge que l'homme invisible ; il ne dépasse pas la trentaine. Il a les cheveux blonds et les yeux d'un bleu très clair.

Il est représenté à la fin du livre comme le héros ; c'est lui qui remet les choses en ordre. Il a conscience de la différence entre le bien et le mal. Il a bien les pieds sur terre ; s'il avait découvert, lui, la formule sur l'invisibilité, il n'aurait pas perdu la tête comme Griffin. C'est peut-être pour cette raison qu'il est devenu un simple généraliste.

Kemp a un grand cœur car quand Griffin vient le voir pour lui demander de l'aide, son premier geste sera de l'écouter et d'essayer de le comprendre.

Le docteur Kemp est également une personne très courageuse car malgré les menaces de mort de l'homme invisible, il n'hésite pas à aider Adye à l'appréhender. Sans lui, le règne de terreur de Griffin ne se serait pas arrêté.

Analyse de Griffin alias « L'homme Invisible »

Griffin est un jeune albinos et un scientifique brillant. Il doit mesurer un bon mètre 90, de forte carrure, un gaillard solide avec des yeux rouges dans une figure rose et blanche.

Après ses études, il va étudier la densité optique, et pour garder la gloire de ses recherches à son avantage, il ne va pas en faire part à ses professeurs. Car normalement, après chaque découverte les scientifiques publient leurs recherches. Le fait qu'il ne veut pas le faire, même à la fin, nous montre que Griffin est quelqu'un d'égoïste et de paranoïaque. Je pense pareillement que c'est peut-être parce qu'il a la peau presque transparente, qu'il va pouvoir devenir invisible grâce à ses travaux scientifiques.

Pour financer ses expériences, il va jusqu'à voler son père ce qui le conduit au suicide. Il n'éprouve aucun remords et il serait prêt à recommencer, ce qui nous dévoile clairement que rien ne peut l'arrêter dans ses recherches.

Dans l'invisibilité, Griffin ne voit que les avantages que cela procure : le mystère, le pouvoir et la liberté. D'inconvénients, il n'en voit aucun.

Dés sa première sortie, il trouve une difficulté imprévue : il ne voit pas ses pieds. De même qu'il ne voit pas ses mains pour saisir la poignée de la porte.

De plus, ça a beau être un homme invisible, c'est un homme comme les autres. Aussi, transparent ou non, il n'est pas à l'abri des rigueurs de la température : il passe son temps à éternuer et a être enrhumé. Enfin, même pour un homme invisible, les maisons, à travers Londres, restent fermées, barricadées, verrouillées, imprenables. Griffin n'a pas une formation de cambrioleur, mais de chimiste, il est donc quasiment condamné à errer dans les rues sans s'en sortir.

À ce tarif-là, on comprend peut-être pourquoi il finit par devenir fou et par taper dans le tas. Déjà qu'il est d'une extraordinaire irritabilité : il a des colères qui tournent à la folie furieuse. Si bien qu'à la fin, il n'est pas seulement invisible, mais fou !

V. THÈMES

Les expériences sur les animaux

Dans le livre, avant d'essayer la machine de l'invisibilité sur lui, Griffin fait un essai sur le chat de sa voisine. Peut-on faire des expériences sur les animaux pour être sûr que les médicaments ou produits destinés à notre usage sont sans effets secondaires ? Je crois que toutes les substances qui doivent être utilisées par l'homme doivent être rigoureusement contrôlées même si malheureusement des animaux doivent en mourir. Sinon comment ferons-nous pour nous soigner ?

L'envie de ne pas être vu

Voir sans être vu, désir de l'homme depuis ses origines, afin de surprendre, apprendre, dominer, voire répandre le mal. Dans de nombreux livres ou films, l'invisibilité est un but. On peut utiliser une cape, un onguent ou même un chapeau pour ne pas être vu. Ici, dans l'homme invisible de H.G. Wells, Griffin utilise une machine qui modifie les rayons. Malheureusement pour lui, l'invisibilité possède plus d'inconvénients que d'avantages. Peut-être, peut-il aider à s'enfuir ou à surprendre des humains un peu trop visibles. Mais on ne peut pas toujours vivre sans être vu !

La solitude

Griffin est très solitaire, il est toujours tout seul du début à la fin du livre. Je crois que le fait qu'il soit albinos y est pour quelque chose. Toutes ses années d'études l'ont renfermé sur lui-même. Et c'est peut-être cette solitude qui le conforte dans son travail. La solitude est un mal qui touche beaucoup d'individus surtout les personnes âgées. La solitude, je pense, peut conduire à des dépressions et même jusqu'au suicide. Il ne faut pas hésiter à en parler à ses proches. Il existe également des lignes téléphoniques où des personnes sont présentes pour écouter la détresse. Dans le livre, l'homme invisible décide de tout révéler au Docteur Kemp car il prend enfin conscience que seul l'on n'est rien.

VI. CRÉATION

Dénomination du médicament :
L'homme invisible de H. G. Wells format de poche.
Composition qualitative et quantitative :
Couverture avec un dessin de Rozier-GAudriault dans les tons gris – 253 pages – l'histoire de l'homme invisible – biographie de H.G. Wells – liste des œuvres – table des matières.
Forme pharmaceutique :
Le livre se présente sous le format de poche dans les éditions « Le livre de poche » (n° 709).

Imprimé par :

Brodard et Taupin

7, bd Romain-Rolland – Montrouge – Usine de La Flèche.

Librairie Générale Française – 14, rue de l'Ancienne Comédie à Paris.

Recommandé dans :

A. *L'ennui.*

   Il n'y a plus de courant, la télévision est en panne, l'ordinateur a brûlé…

B. *La difficulté à s'endormir.*

   C'est l'heure d'aller coucher mais le marchand de sable n'est pas encore passé ou tout simplement le sommeil ne vient pas.

C. *L'envie.*

   Envie de découvrir un nouveau moyen de distraction, de faire fonctionner son imagination, d'entrevoir des mondes inconnus…

D. *Toutes les salles d'attente.*

   Il faut toujours se munir de son livre dans tous les endroits où l'on est censé attendre, et également dans le train, le bus et le métro. Il ne faut pas rater un moment de lecture.

Circonstances dans lesquelles l'utilisation du livre doit être évitée :

- Souffrant de problèmes de vue, il faut perpétuellement mettre des lunettes qui correspondent à son handicap.
- Pendant la nuit, constamment lire dans une pièce ou un endroit éclairé.
- En dessous de 6 ans (excepté en cas de surdoué) car l'apprentissage de la lecture est indispensable. Et il serait dommage de déchirer le livre !

Précautions particulières :

- Tenir le livre éloigné d'une flamme car risque d'inflammabilité.
- Tenir écarté de l'eau ou de toutes substances liquides car risque de dissolution.

Interaction avec d'autres livres :

Aucune si ce n'est de terminer un livre avant d'en commencer un autre.

Grossesse et allaitement :

Pas besoin de consulter préalablement votre médecin, peut-être lu avant, pendant et après la grossesse et l'allaitement.

Comment l'utiliser et en quelle quantité ?

Le livre peut être lu tout au long de la journée ou de la nuit sans interruption. Prendre juste le temps de s'alimenter et de s'hydrater toutes les 4 heures sous peine de déshydratation ou de sensation de faim.

Dans la même collection en numérique

Escadrille 80

Inconnu à cette adresse

La controverse de Valladolid

Les Vilains petits canards

Une partie de campagne

Cahier d'un retour au pays natal

Dora Bruder

L'Enfant et la rivière

Moderato Cantabile

Alice au pays des merveilles

Le faucon déniché

Une vie

Chronique des Indiens Guayaki

Je voudrais que quelqu'un m'attende quelque part

La nuit de Valognes

Œdipe

Disparition Programmée

Education européenne

L'auberge rouge

L'Illiade

Le voyage de Monsieur Perrichon

Lucrèce Borgia

Paul et Virginie

Ursule Mirouët

Discours sur les fondements de l'inégalité

L'adversaire

La petite Fadette

La prochaine fois

Le blé en herbe

Le Mystère de la Chambre Jaune

Les Hauts des Hurlevent

Les perses

Mondo et autres histoires

Vingt mille lieues sous les mers

99 francs

Arria Marcella

Chante Luna

Emile, ou de l'éducation

Histoires extraordinaires

L'homme invisible

La bibliothécaire

La cicatrice

La croix des pauvres

La fille du capitaine

Le Crime de l'Orient-Express

Le Faucon malté

Le hussard sur le toit

Le Livre dont vous êtes la victime

Les cinq écus de Bretagne

No pasarán, le jeu

Quand j'avais cinq ans je m'ai tué

Si tu veux être mon amie

Tristan et Iseult

Une bouteille dans la mer de Gaza

Cent ans de solitude

Contes à l'envers

Contes et nouvelles en vers

Dalva

Jean de Florette

L'homme qui voulait être heureux

L'île mystérieuse

La Dame aux camélias

La petite sirène

La planète des singes

La Religieuse

À propos de la collection

La série FichesdeLecture.com offre des contenus éducatifs aux étudiants et aux professeurs tels que : des résumés, des analyses littéraires, des questionnaires et des commentaires sur la littérature moderne et classique. Nos documents sont prévus comme des compléments à la lecture des oeuvres originales et aide les étudiants à comprendre la littérature.

Fondé en 2001, notre site FichesdeLectures.com s'est développé très rapidement et propose désormais plus de 2500 documents directement téléchargeables en ligne, devenant ainsi le premier site d'analyses littéraires en ligne de langue française.

FichesdeLecture est partenaire du Ministère de l'Education du Luxembourg depuis 2009.

Plus d'informations sur www.fichesdelecture.com

ISBN: 978-2-511-02999-2

Notes :